我潜入时间的波浪

叶公子 著

黄河出版传媒集团
阳 光 出 版 社

图书在版编目（CIP）数据

我潜入时间的波浪 / 叶公子著. — 银川：阳光出
版社, 2024.1
 ISBN 978-7-5525-7113-4

 Ⅰ. ①我… Ⅱ. ①叶… Ⅲ. ①诗集 - 中国 - 当代
Ⅳ. ①I227

中国国家版本馆 CIP 数据核字(2023)第 244128 号

我潜入时间的波浪 WO QIANRU SHIJIAN DE BOLANG　　　　叶公子　著

责任编辑	李少敏
封面设计	闫慧飞
责任印制	岳建宁

黄河出版传媒集团　　阳光出版社　出版发行

出 版 人	薛文斌
地　　址	宁夏银川市北京东路 139 号出版大厦（750001）
网　　址	http://www.ygchbs.com
网上书店	http://shop129132959.taobao.com
电子信箱	yangguangchubanshe@163.com
邮购电话	0951-5047283
经　　销	全国新华书店
印刷装订	三河市中晟雅豪印务有限公司
印刷委托书号	（宁）0027788

开　　本	787mm×1092mm　1/32
印　　张	8.5
字　　数	160 千字
版　　次	2024 年 1 月第 1 版
印　　次	2024 年 1 月第 1 次印刷
书　　号	ISBN 978-7-5525-7113-4
定　　价	63.00 元

前言 关于开始

这本诗集，藏着岁月的秘密。

2017 年，距离现在差不多 6 年，也是我撰写这本诗集跨越的时间。

常常有人问我："是什么让你开始？是什么让你坚持？"

起初是因缘际会下的巧合。2017 年情人节的那个下午，我正在办公室打电话，同事给我递了一块花生酥。等我结束长长的通话，手里那块花生酥已经焐化了。

我突然有些惋惜，随手写下：嗨，年轻人/糖焐着不吃/会化的/爱情也是。

这句俳句般的叹息，成为这本诗集的开始。

记得那会儿，我常常因人生的方向纠结，眼睁睁地看着自己的青春在安逸里消坏，有一种无能为力的窒息感。那句几乎不能称为"诗"的短句，则帮我悄悄完成了一次对外的表达。

　　于是，那个平淡无奇的下午，以独特的方式穿透琐碎冗余的往事，让我的记忆有了生动的光影。

　　之后，我将诗歌陆陆续续发在自己的公众号上。慢慢地越写越多，就取名《公子历》。"公子"是我的自称；"历"是经历，也是刻度，即用文字记录时间和生活的痕迹。

这些年，我和太多的人有过交集，或深或浅。

情绪太浓烈时，我会把那些真实或假想的情节融入句中。那些困惑和纠结，那些不能明说的心意，那些关于回忆的只言片语……所有的波澜壮阔都藏在以节日为主题的方块字里。唯有我独自吟诵时，才会不动声色地颤抖。

这些句子从我心底涌起时，简单纯粹，毫无目的。它们一步步帮我完成"诗人"身份的转折。这也是对我的过往简单纯粹的见证。

我喜欢的诗人海桑，曾有人这样评价他，像他"这样的男人，世上越少越好……他不去工作，并非他不知道工作的重要。他知道名利是个好东西，可他不需要那么多"。

我对他的认同，来自我对自己的接纳。毕竟，在这个财务自由成为大多数人第一目标的年代，写诗的人更像是怀着理想主义自言自语的边缘人。

而我，想把这些句子念给你听。

是的，和我曾"擦肩而过"的你，或许正是这些片段的主角。

听诗如同听情歌，这些句子和手中捧着诗集的你息息相关。每个人的经历不同，再加上时间的变量，这一切铸就你我之间一段独一无二的旅程。

我在A时间创作的心情，被此刻作为读者的你在B时间阅读。又在之后的某个偶然的C时间，因你的某些独有的经历，对我的创作意图进行重新解构和诠释……

于是，那些原本属于我的情感，在经历无数个时间区间的酝酿后，和你的经历碰撞，焕发新的心灵图景。如同某一日，你会突然因为一首老歌而想起某个人，泪流满面。

所以，请允许我抱持赤诚之心把这本诗集当作你我之间心灵交互实验的开始。

既然它曾以一句叹息，在某个平淡无奇的下午开启。既然你曾经路过我，并在我心上泛起涟漪。

不如跟随我，以一种自然舒展的方式去感受我为你描述的瞬间。感受似有似无的情感如何无边际地流动，感受曾和你我擦肩而过的悠悠往昔。

这，正是属于你我的专属记忆。

目录

上辑　二十四截波浪　001

小　满　005

立　夏　011

谷　雨　017

清　明　024

春　分　030

惊　蛰　039

雨　水　045

立　春　050

大　寒　058

小　寒　064

冬　至　071

大　雪　076

082　小　雪

088　立　冬

094　霜　降

100　寒　露

106　秋　分

112　白　露

118　处　暑

124　立　秋

130　大　暑

134　小　暑

140　夏　至

146　芒　种

下辑 时光潜水艇 153

母亲节 157

青年节 163

劳动节 169

妇女节 175

元宵节 181

情人节 187

腊 八 194

元 旦 199

重 阳 204

210　国　庆

215　教师节

219　中　秋

223　七　夕

228　八一建军节

233　七一建党节

238　父亲节

243　端　午

249　儿童节

255　后记　关于"波浪"

上辑　二十四截波浪

以节气作为主题，是一种巧合。

我自小在田间长大，求学时远离故土，慢慢成了一个看不出农村痕迹的城市人。

远离田野太久，去写节气是种实验性的行为。我随性的特质，需要一点点柔性来框定。节气和自然，就是最简单的开始。

我常常会为了契合主题，尽量回忆童年的气氛：回忆夏日炎炎帮着摘玉米，那些被太阳晒得瘪瘪的种子；回忆夏天那些干到裂口子的土地，和雨后在泥地里滚来滚去的西瓜虫。

后来，我会去观察。有时，蹲在初春萧瑟的院子里，看一棵春芽萌发，被冻出鼻涕。

再后来，我更愿意去感受。赤脚在夏日傍晚的古城中游走，感受脚底板在不同路面上的温度。因为我太过于一本正经，几乎没人发现我光脚行走的行迹。

等一切都真切得和我的感官有了链接，我才会记下那个瞬间。

现在回想起，把二十四节气作为诗的第一部分，不过是抓住一股情绪，像丝一样从我的经历里抽出。一时兴起，竟然写了6年。

坚持，或许是因为潜意识里感受到时间的流逝如此彻底，多少想挽留一些什么，哪怕只言片语。写久了，它们就成了我的生物钟。有时我突然想起：下一首该何时写？一看日历，呀！就是今天。

我肆意的人生就有了节律。

小 满

小满即安 ┊ 2023

心中未填满的那部分，
透着亮。
是喘息，是可能，
某片蓄势待发的土壤。

孤独漫游或快步奔行。
不存在的鼓点里，
勇者放下预设的剧情，
虚度亦有意义。

融入这遥远的相似性，
连同一场初夏的雨。
爱恨聚散，得失显隐，
只是时间旅人必经的游戏。

随遇而安的喜欢 ┊ 2022

绣球开在深巷，

千片万片的花瓣儿。

兀自摇曳，如星盏盏。

随遇而安的潦草和喜欢。

如此随意的天真，

闪耀在琥珀光里的明朗。

遥远的征程，片刻停留。

呼吸之间，小得盈满。

不被期待的可能性 ┊ 2021

在太阳里，

影子是寂静的驳船。

一意孤行。

众生安静，

连同青天悠然的云。

把心深隐，等台风之临。

按住的热情，假装的冷静。

那些不被期待的可能性，

是种子，

一颗一颗等在心里，

屏住呼吸。

当你望向我 ┊ 2020

你望向我时，星辰环绕。
微微涟漪，漾于夜梢。

不远不近，
不亏不盈的恰当。

是初夏的清透天光，
是八千万里的山河云月，
与生俱来的浩荡。

是你。

自语 ┊ 2019

一棵寂静的树，

结下果实和喜悦。

执着于远方的人，

突然在薄雾的晨中停留。

绽放，枯萎。

离合，悲欢。

人世庸常，小得方能盈满。

死生虚妄，

一时一刻亦是值得时光。

我的孩子 ┊ 2018

用你的名字，贯穿我生命。
使春秋的意义，紧密相连。

南风将接受我的叶子，
把它引入夏的深处。
那里有世间的光，隐约。
泄露着即将来临的，
夏的盛大辉煌。

立 夏

定格在此刻的风景和你 ┊ 2023

不如把一切留住，
就像夏刚开始的现在。
草是绿的，花开得正盛，
你望向我的眼神，
有着恰好的温柔。

不再急着追赶秋。
那些被深深期待的果，
搁在心上的承诺，
轻轻地——放下。

缓缓行，南风吟，
遥望江南，朱弦轻音。
无所谓蹉跎生平，
此生遇你，再无叹息。

自由纯粹得无边无界 ┊2022

和植物一起疯长的，

还有不甘平静的心念。

像枝蔓，伸向纯粹的繁盛，

渴望烈日下，

以风为翼的缔结。

即兴链接，微光的起点。

彼此独立，

不被遮掩的遇见。

游走于初夏的方寸间，

让自由纯粹得无边无界，

不止在五月的某一天。

白衣少年 ┊ 2021

穿白衫的你，

在夏的影里低语。

光影灼灼，令人目迷。

梦的绮丽。

这个关于夏的比喻，

并非只有高亢的开启。

遗忘和念起，晴朗后的那阵雨，

都是诚恳的相遇。

你与我，一会一期。

一颗星的独行 ┊ 2020

今日，举世光鲜明丽。

注视自己，

细密格纹，亚麻粗颗粒。

高亢之下，被刻意掩盖的倦意。

我只想把眼神安放于荫翳，

求一份当下的轻盈，

在我生命里下一场斜雨。

不久之后的某一日，忽被他人忆起。

一颗星的隐世独行，

让这个闹哄哄的寰宇，

多了一份自在有趣。

羞涩的热情 ┊ 2019

这一日，风从北方来。
呼啸着吹过山林海港，
将城市夷为空巷。

草蛇灰线，伏脉已千里。
绿苔新酿，正隐露天机。

何不再纵容一次？
此刻起。

为夏的笨拙开场，
羞涩得举棋不定。

一夜之间 ┊ 2018

你迎面走来，人群中闪闪发亮。
蓬勃呈燎原之势，
向晚的云层也无力遮挡。

风，捎来忽远忽近的涟漪。
雨落，泥土呼吸。
虫鸣，芍药绽放。

一夜之间，
孟夏铺天盖地，
薄而脆亮。

谷　雨

孤独者的香港 ┆ 2023

楼与楼之间，

直直落下的雨，

还原一整座城的寂静。

高大的树，沉默少年，

发梢，橘子香气隐约。

孤独者的窗，对着海港。

观察一只海鸟就够了。

在无人之境，

语言，是多余的韵律。

被期待的一夜┊2022

无法远行的春天，
谷子撒入沉的夜。

念头，生根于旷野，纵情于
潦草或尽兴的时间。

她的脉搏有夏的羞怯。
蜜一样的眼，遮住风的嗅觉。

这一夜，
不想再颠簸于红尘的细节，
只想把她，
轻轻地，再抚摸一遍。

一段虚构的情欲 | 2021

被等待的雨，

饱满的谷粒，缓缓垂滴。

春夏交迭的情绪，

清冷与炙热，落上信笺，

欲言又止的诗句。

一个胆小的诗人，

在构思某段夏夜情谜。

枝叶摇曳的墨绿，

光影下，交融撞击的情欲。

那些急促的喘气，

如雨浇注过的汗滴。

却因为羞怯，最终

被纯粹和广袤的空白，

——相抵。

等待出列 ⁝ 2020

暮春的结尾，

是一滴饱满的雨水，

洒下慈悲。

被祝愿的种子，

以名字起誓，

进入轮回。

它们在谷雨里等待出列。

奔向热热烈烈的夏，

野蛮生长下的熠熠生辉。

巴黎圣母院燃烧的黎明 : 2019

人间四月，春意褪尽。

燃火的黎明，

等一场雨。

即便万物来去，

皆有命数指引，

被神护佑的高贵，

也在新秩序中战栗。

惊诧的旅人，疲惫的行李，

消失的屋顶，迷失的雨。

一个关于"永恒"的新命题。

雨水是最合适的修辞 ┊ 2018

等不及了，

远方夏的狂热。

云层清白单薄，

任何酣畅都难遮掩的渴望。

雨水会是最合适的修辞。

纵然此后，

春将在每一滴中慢慢锈去。

不如记住此刻，

裙摆边，生出花。

翠枝青叶，灼灼其华。

清　明

遗失的讯息｜2023

曾被我无数次回望的那一段，

是罗斯科笔下的那抹红。

几乎被黑的墨迹吞噬，

一次次在静默中壮丽。

这一季的雨悠长无尽，

湿漉漉地溅起，墨绿凉意。

被合上的诗集，

模糊的字迹。

我整整一生中，关于你的讯息，

早早躲去了哪里？

生命轮回┊2022

站上城市的山头，

向过去眺望。

那些曾被嗟叹的凋零，

已在新的枝头怒放。

不如赞叹吧，赞叹！

生命的河流不息，

盛满爱的心脏。

被流星点燃，被万物守望。

一切新旧将再次相连，

未来，当下，

被深爱的过往。

有些人的离开｜2021

你以为，

云雀飞过的青天，

留不下痕迹。

你以为，

四月的晚樱，

贪恋朝暮间的虚幻光影。

偶然的相遇，

无数次放下又拿起。

欢笑和泪，痴狂或疏离，

犹似俳句。

短短长长，隐入心里。

清明 ┊ 2020

清，

时间剥离，孑然于世的嗟叹。

明，

忘却营营，结庐人境的断然。

必然的交集 ┊ 2019

当一滴水，

流过四季的边界，

融汇清明时间的分野。

当一束光，

于晨昼交替间，

衔接必然对立的交集。

你会了悟生命的广阔深远。

支流在海湾起承转合，

不独你我。

留下的人 ┊ 2018

有人留，有人走。

像爱燃烧，归于风尘，匆匆。

此路漫长，

远行的人在夜空里去向不明。

留下的，孤苦伶仃。

被桎梏在浩渺的孤独里，

执一壶老酒，日日微醺。

春　分

一个灵魂的归宿｜2023

理想主义，是心里的泉，
静谧之下，激流汹涌。

平均的天赋，进化出双翼，
追向光里，不偏不倚。

干瘪的身体，
带着重新葱郁的期许，
向下一个诺言奔去。

一个灵魂的扎根或随波逐流，
取决于，
曾被谁看见，拥入怀里。

一念起 ┊ 2022

离群索居，席地而坐，
在春深的院落。

轻的喘息，重的眸落，
不惹红尘的云烟过客。

樱染满枝，春日间燃灼。
粉的心念洒入静默，
薄薄。薄薄。

四月的故事 ┊ 2021

早樱纷落，灼耀似雪光。
春分两季，
不偏不倚的安然。

我仰躺于三月的草地，
神游于山岚海风的畅想。

四月的故事平缓悠长，
我想对你，
慢慢讲。

选择在这一天开启真实 ┊ 2020

春，未入深处，

风已燥了起来。

阳光火辣辣，

追着大朵的蓝，跃入空山。

把内心清扫坦白，留潮声浩荡，

被抑制的天性初绽。

不要害怕，

白昼与黑夜，都属于这份春意。

一朵花的明媚里，

可以多一分无伤大雅的幽暗。

刚刚好 ┆ 2019

追冰川的云，停止流浪。

种子生根时，落一场雨。

一切都刚刚好。

昼夜平静交替，

春不偏不倚。

捉摸不定的天气 | 2018

今日之前，
你束手无策。

她冷淡，热烈，举棋不定。
你唯有小心翼翼，
像怀揣微小星辰。

这一季的故事注定很短。

你尚未讲完，
她已将厚衫褪净，
遥望四月，泪水盈盈。

不能说的秘密 ┊ 2017

上半夜，风里全是声音，而雨没有来。
我站在田间，从惊蛰的醒雷等到春分。
等一抔种子，
却等来一位少年。

少年。暗色里走来的少年。
风把他吹得单薄，眉眼如月如星。

"我要赶去天际那一边，雨落之前。"
他摊开掌心。
夜色昏沉，种子闪亮。
每一粒都刻着茂盛，和四季的狂想。
我听见胸口有鸟儿扑腾，按压不住，
飞出胸腔。

而我只是个农妇呵，只是个农妇。

样貌普通，瘦小平常。

春播秋种是命数，田间灶头是远方。

看过山川河流，

仍不知如何描述，少年温热的脸庞。

清晨赶来时，

预谋的花朵尚未绽开。

第二阵风吹过这里，少年已在远方。

我不会告诉他。

时针指向零点的那一刻，

雨滴下的前一秒。

一切都曾停滞。

我埋了一粒种子在他眉心，

在这个微凉的春分。

但愿，滚滚红尘里，

月光皎洁，雨水充沛，

太阳每日可见。

终有一天，种子抽出枝叶于少年额前。

等下一季风来时，

一叶障目，

眼里再也看不见其他人。

惊 蛰

醒来 ┊ 2023

总有一个梦会醒。
你曾以为踮起脚尖,
就会触碰到星辰。

草蛇灰线,
早有定数的荒谬。
让现实和理想对决。

亲吻自己的幼稚,
如同春天与西风和解。
放弃解读任何异动。
生长的此刻,
自由。

雨中的重生 ┊ 2022

起风时，

天边飘来一朵乌云。

揽下星辰，张开双臂，

念出镶嵌着金边的诗句。

必然的慌张战栗，

被惊醒的鸟语虫鸣。

泪水是关于重生的隐喻。

自这一夜起，

刻骨铭心。

一切将蓄势待发 ┊ 2021

春来迟，

草木犹未知。

有新雨，初雷隐隐。

盼人归，绿杨风急。

2020 酝酿的飞翔

新芽萌动，

神灵隐在微物中。

太阳的种子，

早已播撒。

春的疾风，

仍在酝酿。

等蒲公英绽放，

所有的飞翔，将如愿以偿。

苏醒的情事 ┊ 2019

和草木一起苏醒的，

还有万千情事。

轰鸣，隐于胸腔，

随远山绵延。

层层叠叠。

何必慌张搪塞，遮遮掩掩？

不过是嫩芽绽裂，新竹拔节。

或是光阴，在风里大吼了一声，

"春天"。

原地等待的人 | 2018

和三月一起被惊醒的，

不止种子。

响雷是隐忍后的告白。

尾音有雨水滴落的嗟叹。

旅人不提归期，

春还在原地，

相隔八千里。

还要等多久啊？

待麦穗抽条成金色，

接入白的流云里。

雨　水

深信不疑┊2023

即便，没有兑现那场雨，
有些生命，终会醒。

即便，没有那缕光，
黑暗里辗转，
永不止步向光而寻。

无畏的人越过寒意，参透天机：
春天是规则，亦是自己。

芳华伊始，荼蘼不尽，
和力量相关的假设，
都值得深信不疑。

遥遥一场江南雨 ┊ 2022

万物已醒，

溪水自流于南风之意。

颊染绯红，

繁樱不敌浮世旖旎。

星月轻栖，

愚人奔赴遥遥千里。

觅一场雨，

连同梦里，良人如依。

连绵┊2021

这是
春对夏的信奉，
冬对春的留恋。

像泪珠，贯穿曲折旅程，
让经历与众生相连。

灼灼皎皎，关于
喜悦或惆怅，
不舍与惦念。

被忽略的田地和心意 ┊ 2020

流淌的时间，

没有归期。

浮世的躁动，

凝成雨。

在被期待的地方降落，

响应饱满的情绪。

未被恩泽的地方，

留下风的叹息，

连同被忽略的承诺，

锁入沉沉往昔。

冷暖交汇处 ┊ 2018

四季中，情感最丰沛的一天，
花儿也开始肆无忌惮地表达。

一切弥足珍贵，
冷的你，暖的我。

相遇那一刻起，
天地玄黄日月盈昃间的畅快淋漓。

那一场雨。

立 春

春日新梦｜2023

众生都在振臂欢呼，

为春天。

我这个年老的农夫，虔诚地

俯身于田间垄前。

辨别黑暗中的涌动，

探寻一颗种子，

生命活泼的细节。

大概很多年之后，

我会忘记所有细节，

包括不被修饰的生命沉潜，

曾被熄灭的火焰。

击缶而歌，

与当下的荒芜和解。

管它来生几许，

不如醉入这世深浅。

春日新梦，

可否再遇那旧日青衫少年？

等待某些春日里
才会发生的奇迹 ┊ 2022

冬衣裹住的火山，
尚未燃起。
旅人已为将到的璀璨，
驻停。

绝不声嘶力竭。
忍住十二分欣喜。

江之彼岸，坐禅听雨。
待风起一瞬，
将种子漫天散尽。

繁花之上，群山如黛，
青云之下，半城朗晴。

成为第一朵花的勇气｜2021

这一朵的勇敢，

将指引新旧的更迭，

不尽不休。

寒意中的明艳，

只那盈盈的一瞥，

就盛载，

全世界的温柔。

归来 ┊ 2020

被冬夺去的，
春将如数返还。

山水相隔，风月同天。
各自珍重的心意。

满目星河中，如有一瞬
遥遥地望见你。

花木绽放，
如暖风，一夜吹透山林。

成熟的开始｜2019

被万千宠爱的一天，
与众生和解。

理解潮汐涨落，
包容莽撞的鲜活。

饮尽这杯，
春好人美，不言悔。

小说家 ┆ 2018

这一夜，

紧捂着欲望的花骨朵，

被春风蛊惑。

积雪以假寐保持缄默，

却在阳光的共情里，

让秘密袒露无遗。

窗口，那个写字的人，

正为下个四季斟酌剧情。

结局早了然于心：

变回一个少年，爱上一个少年。

注定有些曲折，被锁在云里。

关于提心吊胆的多情，

被摁住的雷霆。

大　寒

等待的翅翼 ┊ 2023

梦到那只蝶时，
花从江南的枝头落下，
连绵不绝。

如时光重叠，
回不去的昨日人间。

那时，春月尚有盈缺，
雪正被平均律预言。

在虚空中等待的翅翼，
是一把钥匙，
触不到锁眼。

安静等待的人 ┊ 2022

巴巴地，等到尾牙[1]。
飘过你窗檐的雪，
仍未在我肩头落下。

叹一声，
把酒闷下。

喘息时，胸口空荡无涯，
三分风响，九分凉。

---

[1] 尾牙，是我国东南沿海地区的民间传统节日，源于拜祭土地公的仪式。

断舍离 : 2021

总有一个人，先提别离，
假借旅程或季节的更替。

身体里的悲与喜，
隐秘地愈合剥离，
面颊的热泪，悄悄被捂入土里。

战战兢兢，犹犹豫豫，
种子会悟出生的神谕。

何日才能不介怀？
谁曾负人间，负了你？

在最冷的一天眺望远方 ┊ 2020

最末的寒意。
花瓣一碰就碎，
无须假借雪的权利。

沸腾的热茶，撩拨孤寂，
待在原地的你，
好奇山脊上的风景。

不如，开启一趟热带航行。

在无边的深蓝里，
顺应海的潮汐。

屏住气的二月，爱和春天 ｜ 2019

回头张望，

这一季的辽阔，

正以三九天寒的寂寞偿还。

植物怀揣春意，

暗暗拔节。

像点燃的烟花引爆前一秒，

假意沉默于暗夜。

都在等号角响起，

那一刻，

屏住气的二月，爱，和春天。

一钱当归 ┊2018

被诱惑的梧桐叶，
把今日当作归期。
灿烂里飞起，
在地上一败涂地。

被承诺的雪，终未出现。
浓雾如倾如注，
倾盖昨日青丝如瀑。

厌倦了在冷夜里自斟自饮，
那一锅热汤，
在灶头反复嘟囔：

一钱当归，一钱当归。

小　寒

行者的告白 ┊ 2023

冬日清寒里，
行者的告白滚烫。
如恒星，持续燃烧，
作灰烬，不吝照亮寰宇。

灰烬，谜一样的灰烬，
灵魂相撞的荒谬和诗意。
生命的痕迹被激起，
破茧成蝶的代代轮回。

向光亮的自由飞去，
每一步，都接近无尽春意。

来自未来的预言┊2022

站在冬的光影里，回望。
拆一封未来的信。

打开，是南太平洋的风，
亚马孙丛林的雨，
以及曾在梦里出现的苔原，
溪流，鹿群和你。

所有的所有，
辽阔如昔。
即便此刻，
我仍在原地。

一个冬天的人 ┊ 2021

冬天的人，

挂念春天的风。

新雪掩不住岁月的纹。

种子的生长，

静默中蕴蓄。

和光同尘，归于尘。

当你的名字出现 ┆ 2020

你的名字，

懒懒地映上我心口。

日落跃入星河。

一颗流星，

饱含几亿光年的热烈，

于寒夜灼灼。

不愿生锈的中年女人 | 2019

不久之后，
冰雨将捎来北方以北的讯息。

万物或被重新演绎——
寒风轮廓，
泥泞铺天盖地。

一个女人执意逆行，
怀揣着清醒。

她摁住内心的雪，
任由肥臀被月色摩挲，
在寒夜里微微战栗。

不愿意生锈，不再羞于启齿。

为新生征战，

纵然把情欲抵押给撒旦。

第一片雪落下的瞬间 ┊2018

落雪了。

不知这一季,

谁帮你焐热指尖的寒意?

谁会和你,

在这漫天的雪片里,

一起慢慢白了头?

冬 至

真正的风景 ┊2022

放下，就在此刻。

冗余和喧哗被暂停，
愿做凡尘外，
独自悠游的一片云。

主角还焦灼在原地。

这场不动声色的旅行，
真正的风景，
留给坦荡松弛的心。

过去，已远去。
新芽初探，你我
重新澎湃的勇气。

这辽阔的欢喜 ┆ 2021

一个很暖的冬日。

清风吹过山岚，

明亮在云上绽放。

当有人在心里唤你，

枯萎中有花朵深藏。

恍然揣测：

这辽阔的欢喜，

再长的夜，都挥霍不完。

某个名字 ⋮ 2020

暗夜最长的一日，
攥紧某个名字。

看一眼，
生命就会明亮。
唤一声，
世间热气腾腾。

在最深长的夜里 ┊ 2018

斟满酒杯，

在最深长的夜里等。

八千里雨雪与世间凉薄，

和入饺馅，在热气里翻腾。

何不饮尽这杯？

此去今日，

五风十雨，一泯仇恩。

轮回｜2017

在新一年循环开始的这天，
把断断续续、忐忐忑忑、
犹犹豫豫、悬而未决，
统统丢掉。

内心清朗坚定，
就像，四季分明。
我们终究相遇，并肩前行。

大　雪

舍和得之间 ┊ 2022

徘徊在美好和冷酷边缘，
如同触摸一片雪。

将到的失去，拥有的犹豫。
期待一场重重的雪，
将世间的荒谬关闭。

卸不下的烟火气，
面对面的一叹一嗟。
舍和得之间，没有边界。

不动声色地成熟 ┊ 2021

成熟，

是接住一切因果，

仍镇定自若。

像错综复杂的田野，

被一场洁白盖过。

看似脆薄的承诺，

立于西风，坚不可破。

念头 ¦ 2020

盼望一场白，

将遗憾覆盖。

旧的终结。

心的开始。

仲冬时节的离歌 ┊ 2019

这一日的结尾，

凝成越来越薄的时间。

仲冬时节的沉默，化作离歌。

向不能回望的时光，

降落，降落。

补一场缺席的雪。

袒露告白 ┊ 2018

等待的，迟迟未到。
最好的光阴，攥入手心。

告白，即将铺天盖地。

一切都会被袒露：
冰冷、火热，甚至忧喜。

还有一份激动，
来路不明。

最绝妙的处世哲学 ┊ 2017

暂且放下，
待一切变得空白虚无。

以无为而有为。
这是大自然显现的，
最绝妙的处世哲学。

小 雪

看不见的标识 ┊ 2022

内心肯定有某种火焰，

能将你

与其他人区分开。

人生如雪 ｜ 2021

深情隔山海。

凡尘俗世，生住异灭。
犹似一场雪。

冬日灼耀，单薄信笺。
自在般若，度尽劫波。

冬日之约 ┊ 2020

冬日的相约，

脆响是灵魂撞击时的预言。

被冰川的风裹挟，

浩浩荡荡，心心念念。

留恋旧时光的人，在毛毯里静默。

一壶酒在炉上嘟囔彻夜，

撩拨未雪的无眠。

等一场雪 ┊ 2019

小雪未雪。

风里，已有你的气息。

如云柔软，萤火般晶莹。

还要等多久？

八千万里外，飞抵的情意。

因缘际会的出发与抵达。

空白开始 ┊ 2018

会有那么一场雪，
将白昼延伸至午夜。

所有的遗憾，终被弥补。
只等一场白，覆盖。

重新来过。

等一个永远 ┊ 2017

初雪未到。

大概，还不是对的季节。

再等等吧。

待天寒地冻，第一场雪落下，

交出真心也不迟。

情绪被白色简化，

等寒冷冰封稍纵即逝的誓言。

我才敢怯怯地说，

永远。

立　冬

> 你浅浅一眼，
> 足以慰藉整个冬天 ｜ 2022

蜷缩的，是叶片花尖，
是疏可走马的人间。
锦瑟丝弦，祭奠秋别。

鲜活不驯的傲骨烈焰，
流波中的惊鸿一瞥。
季节更迭直白简洁，
庄生梦蝶，何分边界。

这个冬日，并无特别。
你浅看一眼，
够我吟唱整个春天。

小小的信仰 ┊ 2021

昨日的暖，散得如此轻易。

暧昧的雨气，

曾被阳光晒透的呓语。

西行的流云，醉酒般肆意。

像一个远方的誓言，

四海游荡，八千万里。

留在原地的雀，眼里装着四季。

对远方杏黄色的暖，

仍深信不疑。

兜兜转转，定有归期。

被热烈击中的心 ┊ 2020

为你，

从心底生出火焰。

热烈、世俗甚至粗野。

熊熊燃烧，直至来年春天。

来吧，下注十一月！

切勿犹豫不决。

你让记忆闪闪发亮 ┊ 2019

白昼变短。

哈得孙河上的光，

灼着千帆过尽的余叹。

我逆光看你，世界俱暗。

自此，

风声恰思念，隐秘悠长。

寂寥，

是隔着时间，并肩看的风景；

抓不住，四时尽也的惆怅。

只是等待 ┊ 2018

那个倔强地站在原地的人，
或许只是在等待。

像秋天故意留下的某颗种子。
等天冷透。
再等暖，一点点回上来。

故事重新开始。
一切，别来无恙。

仿佛这一生，
我们无比默契 ┊ 2017

想象着你穿过人群，
朝我径直走来。

那天，风很大，阳光明媚异常。
深蓝色的外套上，
飘着冬日的云。

你靠近时，
我在你臂弯里转身，
仿佛这一生，我们无比默契。

霜　降

成年人的稳重 ┊ 2022

秋天，
是一个成年人的稳重。

所有的情绪，不动声色，
看不见的暗流涌动。

像一片高悬的叶，
温暖时，南风中自在摇曳。
西风紧，零落成泥，
无须多言。

心一暖，就绽放 ┊ 2021

时间计量遗忘，静默涅槃秋凉。
孤鹜啼于空谷，清薄脆亮。

褪落旧羽，振翅而上。
晃动三寸逆光。

是种子。是花瓣。
随念播撒，
心一暖，就绽放。

取暖┊2020

葱绿桃红尽散，静默沾上厚霜。

光芒在冷风里摇晃，

眼眸望向对你的信仰。

衣薄天凉。

燃尽写给你的诗行，

换一份炙热，

片刻取暖。

谁和谁的擦肩而过 ┊ 2019

秋已暮，露成霜。

梧桐褪尽所有秘密，

赤身裸体。

炙热仍在骨髓。

连同不敢挥霍的往昔，

某种羞于启齿。

错过与相遇，正刻入这季。

滚滚红尘的边界，

谁和谁的擦肩，

湮于尘世，泯入冬里。

纵然｜2018

每个人的荒原上，

要经历的，

都将如期而至。

且温一壶酒吧，

浇烫内心。

纵然故事结尾冷若冰霜，

自己仍惦念着太阳。

凡·高笔下，
阿尔葡萄园的秋 ┊ 2017

霜降的这一刻，

秋被画上句号。

叶子们相互告别，

开始独行，跌跌撞撞。

天将不可逆转的寒冷。

春却在冬的那一边，

隔着风雪交加。

今日之后，

我会更期待相逢，迷恋拥抱。

炽热又有力。

像凡·高笔下，阿尔葡萄园的秋。

寒 露

兀自冒险的少年 ┊ 2022

少年踮起脚尖，张望在未知边缘。

被某个承诺牵引，兀自冒险。

像露珠，往浓秋纵身一跃。

跟随文明的洋流，奔涌向前。

这趟旅程会和变革相连。

此身道浅抑或揽星衔月，

青天朗朗，

断不负热血少年。

热烈的相逢，心自由 ┊ 2021

天沉着，秋被网在云中。
无边的空茫，连同
大片的雷，隐入胸口。

万千里相隔，万千愁。
等灼热的身体慢慢靠拢。

冷暖相逢，无声地嘶吼。
雨与谷粒落下，
心自由。

被理解的悲悯和不屈 ┊ 2020

秋光依依，凝于叶心。

黄橙蓝紫，斑驳陆离。

野蛮生长的努力，锁入寒意。

旋转零落，被西风缓缓吹尽。

孤雁南飞，戴月披星。

荒芜田地，独自前行。

人语渐轻，唯心意浓烈丰盈。

我始终理解你，

被山水阻隔着的悲悯和不屈。

不忍忘怀的短暂假期 ┊ 2019

稍纵即逝的假期，

是散场的露天影院，

下一秒，

是最寥落的风景。

怀旧的人，已醉入剧情。

感受着夏的余温，

不愿醒。

再等等吧——

待，回忆在心尖翻滚，

最早一滴寒露，

悄悄坠入梦境，

那意犹未尽的一会一期。

在马尔代夫，
假想自己是一条船 ┆ 2018

印度洋上的云，
带着玄月般的清冽。
海岸边翻滚的水，
凝成谁窗前的露，
皎洁。

守望者的生命里有一片海，
倾尽毕生的蓝和耀眼。

一叶孤帆停靠，
自此，踌躇不前。

这个下午的预设剧情｜2017

从南方回来时，

被早霜渲染过的金桂，

正香得热烈。

天空清澈见底。

江河湖海边吹来的风，

仍带有柔柔暖意。

我早为这个下午写好了剧情：

在阳光里吃一颗石榴：

漫不经心，一粒粒地吃。

在最后的假期里，保持懒散，

和自己，虚度光阴。

秋　分

一段存在主义的旅程 2022

写诗的人，怀揣着任意门。

跨出去，是喑哑古城；
呐喊，荒野嘹亮的号声。

追梦的人，是预知未来的神。

出发，在昼夜等长的秋分。
这段存在主义的旅程，
锐利孤寂，
走过，就注定荣耀一生。

念头的来来去去 ┊ 2021

倘若
你将澎湃归结为命运。
好比将原野的花燃尽，
白色流云，遁入湖底。

念头汹涌时，无端欢喜。
又散去，枯萎的诗句搁浅。

某些决绝，始终来历不明。
让冷暖爱恨，胆战心惊，
又那么不偏不倚。

你仍是我心底的暖 ┊ 2020

夜变长，

身体里升起月光。

蓝，自上而下宽广

云被南徙的翅膀拍散。

时光和植物谈和，

褪去耀目，不诉离殇。

你仍是我心底的暖，

不畏行流散徙，四季轮转。

热热闹闹，万物生长。

雁南飞｜2019

风已起，南方在呼唤。

所有翅膀都已张开，
命中注定的奔赴，
势不可挡。

会想我吧？
当你起航，身在远方。
重叠一季季回忆，
在某处熠熠发亮。

那些突然被忘记的人 ┆ 2018

今日起，暗夜渐长。

你会在黑暗里醒来，想起一些人。

他们像是温带阔叶林的树木。

一夜之间，

变了颜色，蜷缩了姿态。

消失，

又似乎从未出现。

这一日，不提得失｜2017

对平衡最在意的人，

大约也会觉得轻松的一天。

这一日，

阳光悬垂赤道，昼夜平分。

万事般配均匀。

这个日夜，

不提来时，不谈归去。

放下得失悲喜。

谈谈天气吧。

或者，与你相关的，

朝朝暮暮，欣喜如迷。

白　露

夏的情绪 ┊ 2022

夏的情绪，正急流勇退。

以露珠的姿态，决然滴落的，

是秋。

生命的冒险，望不到头。

当有人懂你，

心才驶入最稳的湾口。

人间忽晚，再醒来，山河已秋。

向内剖析后的纯粹，

是灵魂的出口。

如云清朗，高贵自由。

秋日早晨，
写一篇爱情小说 ┊ 2021

渴望留白，

纵然露水般短暂。

空荡荡的光线，与零落字符相撞。

沉默间，离合悲欢。

旧的信仰，新的隐伤，

在清晨消散。

留一道微小彩虹，

隐入这绵延不绝的秋意和远山。

在时间薄雾里，
欲言又止 ┊ 2020

身体蹚过白色流云，

盛年的欲望，日渐冷清。

心念深深，薄如蝉翼，

契阔万里，无思无依。

描下诗行，为将近的一季。

那一份欲言又止，

锁入一千个隐喻。

启程，无尽的远方 | 2019

山木斑斓，

离歌在九月里浅唱。

蝉鸣暂止，绮梦未醒。

片段灼烫胸口，星辰般闪亮。

树叶向秋天降落，

风把旅人追赶。

那无尽的远方。

当我说出，被遗忘的痛 ┊ 2018

露凝而白，情不以物迁。

回忆越走越清。
红尘万丈，抵不过一滴白露。

白，是被遗忘的痛。
露，袒示所有，无路可走。

一个注定悲伤的名字｜2017

白，启也。

是日出与日落间的天色。

是无瑕，是开始，

亦是空无。

露，则是令人惋惜的短暂光亮。

再无重现的一期一会。

这个自带悲情浪漫主义的节气，

如何不让人忆起往昔，

和某个远走背影有关的吉光片羽。

处 暑

让那朵云，
回到最初的湖 ┊ 2022

从漫长的酷热，退后一步，
让那朵云，回到最初的湖。

情绪的激流，
是投上墙的倒影虚无。
岁序中，偶尔清晰逐渐模糊。

我已坦然地放弃追逐，
以沉静自在，歌颂荒芜。
此后，在暗夜中独舞，
亦不孤独。

一株任性的白 2021

我可否成为，一株任性的白。

不鲜艳，不热烈。

独自迎风招展，为雨落狂欢。

做无谓的探险，

不在该的时间绽放。

然后，坦然熄灭。

以近似荒谬的真挚，待下一季归来。

当别离即将来临 ┆ 2020

你将启程，追随四季。
幽微的凉意，自心底升起。

如何挽留，这炙热的际遇？
披荆斩棘，燃尽自己，也不惜。

热泪渴望回应，连同潮汐。
涌入下一季新芽，最深的根茎。

解开这悬疑吧，
万物笼入你目光曾掠过的光晕。
关于你的描述，
难以比拟。

排练一次新的偶遇 ┊ 2019

山绿着，雁已启程。

狂欢的余音里，

离别的声响隐约。

人间的八月太短，不够促膝而谈。

交浅言深如何？

在月色里交换热忱。

说：再见。晚安。

舍不得的，
不止这个夏日 ┊ 2018

犹如战事的尾声，

人间情色，归于黯淡。

西风正把余温打散。

那些飞舞的落叶，

写满夏日未尽的惆怅，

还有一些，

借景生思的，心意微凉。

中庸 ┊ 2017

中庸的节气。

凉意慢慢升起，

暑气迟迟不肯退去。

在这样摇摆不定的节气里，

我想做个没有原则，

含含糊糊的人。

该做的事，不该做的事，后悔做的事，

不顾一切想做的事，

都不必分得那么清。

时间会慢慢给我答案

秋天也终会到来。

立　秋

管它是人间的何月何年 ┊ 2022

秋的夜，漫上来。

世界停下脚步。

人世间悠长寂静里，我看到晚风中的你。

会有一场注定的告别。

像旋转的叶，相拥，又散落荒野。

一起等某个不经意的相遇吧，

或是臣服于一个花香的预言。

管它是人间的何月何年。

怀旧的人┊2021

那个先离开的人，取下月光、风露和雨。
把心意，洒入
看似无情的干燥里。

空气柔软，潮汐悠远，
万物笼入目光，皎皎如玉。

怀旧的人，仍醉于夏意。
伸手去探，
望得见的璀璨，回不去的往昔。

这一季的华彩｜2020

一夜秋雨，将八月浇凉。

爱与光亮

锁入罗云，峰峦叠嶂。

万物皆有归期。

唯这一季的华彩，

刻入心尖，永世不隐。

陈迹 ┊ 2019

炽热的，

俯仰之间，将为陈迹。

像一阵雨，

打湿一片落日。

像我，曾路过你。

当你决定要走 ┊ 2018

第三个路口。

一朵花凋零时，

一捧果实直起腰。

星月山河犹如昨日，

蝉鸣，于沉默间隙转调。

有些人注定会走，

这一季的寒意终将来到。

云被风吹散，断断续续，

空留一行惋惜的省略号。

这隐约的勇气 ┊ 2017

室外还是夏季，

却在赶往华盛顿的列车上，

被冷气生生吹出了秋凉。

世事常常如此：

前一刻多有盈余，后一秒转眼即逝。

无非逼着我们

要把握当下，趁早表达。

所以，这个立秋，

你可曾啃几口快下市的西瓜？

可有勇气对他说：

"我挂念你，你还好吗？"

大　暑

更好的选择 ┊ 2022

专注内心的对话。
成功者的声音。
哪个更值得倾听？

手中那枚冰淇淋。
全世界的风景。
何为更高贵的场景？

炙热放大生活的虚妄，
生命留白，空无自性。

当下临在的此刻，
即是意义。

与你有关的笔记｜2020

空山和急雨。

苍翠的绿。

暗色的波纹，泛出涟漪。

用遥远的期许，消弭暑意。

无注解的人生笔记里，

一笔笔刻下，

吉光片羽的凉意

和你。

盛夏的暗调 ┊ 2019

灼热。风和光阴都凝固了，

像下了沉默誓。

激烈。孤独。放肆。苏醒。

不动声色的妥协，

关于荷尔蒙的欲言又止。

与生俱来的狂热在心间暗自翻涌。

被青春炙烫的灵魂，

浸没在盛夏的暗调里，

去向不明。

放肆的借口｜2018

一座火山开始苏醒。

酝酿了一世的情绪，

于平淡四季中，喷薄。

一棵孤独的树，

正激烈地晃动叶片。

为这突如其来的炽热告白。

放肆，被冠以堂皇的借口。

像台风，

完成一个生命对另一个生命的渲染。

又像夏的暴雨，越过悬崖肆意无尽。

小　暑

小暑 ┊ 2023

有时，卷积云像天鹅翅膀，
拍散落日余光。
有时，梅雨滴落，
江南的心尖开出涟漪，
穿过夏月初蝉。

光鲜或暗淡的时间变幻，
为各自的人生底色编码。
风吹过，那些相似的灵魂，
远隔巫山云雨，
亦能听到最浪漫的歌。

缠绵一个崭新的夏天 ┊ 2022

街角咖啡店。

白衫的褶，

铭记短暂深刻的遇见。

喝手冲的人，彼此忘言，

一口酸苦，心头滋味万千。

人心闪烁幽微，

早被庸常预言。

可否重回无瑕少年？

缠绵一个崭新的夏天。

夏日的某种信仰 ┆ 2021

雨，滴向干裂的土，
决绝地奔赴。

花，在蝉的嘶哑里，
如刃地芬芳。

总有人，八千远路奔赴，
只为缥缈的光。

留下谁，在巨大的空旷里，
湿了眼眶。

夏间一壶忘情酒┊2020

回忆膨胀，岁月清瘦。

酒意从眉梢淌入心口。

往事清凉，

酒，甜到发躺。

流火，抵不过月色轻柔。

思念，再薄也封喉。

八万万里的惦念，

只有蝉敢真切地嘶吼。

饮尽这一季暑意，

换我一瞬彻底通透，坦荡自由。

怕被辜负的人 ┊ 2019

蝉一遍遍喊，知了——
你却对尘世一无所知。

昏沉在仲夏的混沌，
心是热的，
头脑却空得无边无际。

你低头垂钓，
任由岁月弓了背脊。

纵然有梦想，
游过贫瘠的河底。
你却只说自己老眼昏花，
碎石罢了，何来金沙粒粒?

告白书 ┊ 2018

灼热边缘，

所有人都在策划逃离。

以急雨为令，

打散盛席，

奔往天南海北。

蝉仍在高地振臂呐喊，

告白字字滚烫。

尘封在蛮荒地底，

这句酝酿太久的诗行。

夏 至

夏至 ｜ 2022

想起你时，梦短了一些，

白日又开始漫长。

一杯霞光入口，日子是淡的。

在我心口，你的名字脆生生地响。

像风起时，杨树碎碎地摇晃。

像记忆中的凝望，

像山岚顶，影影绰绰的月华。

你的眉眼和满空的星，

在这个夜里，

忽闪忽闪，悠悠荡荡。

纯粹的表达 ┆ 2022

明确地厌恶，真挚地喜欢。

白昼最长的一日，
何不光明磊落地走进热烈。

让一切，
纯粹得坦坦荡荡。

迎接你，连同一份喜悦 ┊ 2021

疏星落落，新月挂。

流萤小小，万塘蛙。

卷舒开合，

爱恨任我天真。

坐对清风，

眉眼两两生花。

夏至江南 ┊ 2019

漫天苍翠，被乌云压低。

人世的虚渺，浩瀚成河。

遗忘、相思。

默坐，忘言。

莫叹盛夏流年，

且折枝，

江南梅雨天。

临界线的沉默 ┊ 2018

正午日影最短的一日，
北半球的爱也滚烫。
像白日之火，被重新注入胸膛。

何必伸手触碰，
又急急缩回。
一些真相和诺言纠缠，
怕情易断，悲离殇。

不如缄默，
关于这段模棱两可的旅程，
寄希望于由一只萤火虫点燃。

等待了很久的白昼┊2017

在年中白昼最悠长的一日里，

我充满了好奇：

你会经过哪一阵风？淋到哪一滴雨？

以及——暮色降临前，

你会不会来？

芒　种

芒种｜2022

把窗打开时，

月色倾泻进来。

我在如水的凉意里，被鼓点牵引，

实践一场抵达和逃离的短剧。

忘却虚拟世界和自知的结局，

尝试对真实敞开心扉。

癫狂地、鲁莽地，在高高的绳索上独行。

这场无声的旅行，与真我相连。

纵然迷失，跌落，

亦是一场幽暗中的追光之行。

146

所有的情节 ┊ 2022

我准备好了。

以一粒种子的使命，

投身于深不可测的旅行。

独自前行的至暗，

从心间，升出月亮。

雨季悠长，偶有慌张，

山水于心的向往，微微的光点燃。

所有的情节，将指向东方，

一寸一寸，

皆是生命的昂然。

修金缮的人 ┆ 2021

修金缮的人，

掌管六月的光辉。

遗憾的裂口，

穿透的隐秘，

祈盼重焕新生的落笔。

每一画，笔意入心，

是播种，亦是隐喻。

关于芸芸众生，

独一无二的命运。

你让一切变得完整 ┊ 2020

你望向我。

眼里的光芒，随星群四落。

照耀六月的忐忑，

忙而不茫的晨歌。

这会是新的探索，

一声自由的啼鸣，更多芬芳的花朵。

或者绿荫如盖，

云层翻腾入远山的辽阔。

直到念想让果子饱满，随雨滴落。

渲染出一季季，

有种有收，因你而起的丰硕。

戴皇冠的种子 ┆ 2019

心系宏大的那颗种子，
顶着隐匿的王冠。
金色羽翎高举似火，
暗夜中，灼耀非凡。

待西风起，万花齐黯，鸟尽散。
唯其，傲遍莽苍，独自狂。

播种的人 ┊ 2018

以光芒为籽，

谁的心尖被开疆拓土。

召唤更远的山，

丰沛的雨季已然在途。

沉默的劳作者，不厌倦重复，

构筑着四季的版图，

奔走在仲夏夜的峡谷。

飞鸟了然这一切的璀璨和朴素。

稻穗的摇摇晃晃，

一段段生命的嗷嗷待哺。

下辑　时光潜水艇

还有一些珍贵的原因是关于你们。

我旁若无人地写了一年又一年，慢慢有人跟随。有些成为我的学生、客户甚至挚友。多数人并不时常和我说话。偶尔某天我发迟了，就会收到留言："今天的公子历还发吗？"

过去的六七年我经历了很多，随着命运之流起起伏伏。我外表精致优雅，内心却常常孤独潦草地活着，像只在暴风中乱飞的风筝，肆意又胆战心惊。因为公子历，有了被人牵挂的踏实感。

每个节气（节日）对我有了特殊意义——那是我愿意和外界交换情节的一天。那天，我会停下步伐去回顾和感受当下：刚过去的那分那秒发生了什么？这个片段如何打动着我？我该如何传递给你？

所以，此刻你翻阅的不只是本诗集，也是我隐藏的秘密。

翻开其中任何一篇，我都能大概回忆出这些片段：在某天，我被什么刺伤，被什么抚慰；在那年，我怀着怎样的期待，破碎又重合……

当那些秘密被定位，所有瞬间在我人生里有迹可循。当你凝望那些轨迹时，或许你可以从中看到自己。

也有一些诗是虚构类作品。那是胆小的我，期待体验的真实。这些幻境以文字的形式和过往混在一起，是我的心机。等我老到记不清日子时，我会相信，所有呈现的一切都发生过。绚烂又跌宕起伏，平凡也值得。

现在，你读到这一页，我还想告诉你更多：一开始，我写诗是为承载自己的喃喃自语。后来，开始借此彰显自己与众不同。而现在，更多的是一种对普通生活的解构和重启。

调皮地，想让那些最朴实的稀松平常，焕发新模样。

如同我们学生时代解构那些古诗。我们熟读它，拿着字典逐字分析它，在阅读理解时发散它，我们确信完全懂了诗人千百年前的心情。但这是我们的一厢情愿。

诗人把情感埋伏在每一行诗里，他们的暗示如此不动声色。

没关系，即便我们会错了意，依然是我们自己独一无二的解读。

所以，这一次，不如闭上眼和我开始一次实验之旅。

请慢慢摸一下封面上的凸点。那是盲文，我想象中的"波浪"的具象之一。那里，隐藏着我想读给你听的一首诗。当你触摸它们的时候，用心去感受一下，猜猜这是其中的哪一首。

这一次，我放弃文字，用陌生形态去表达自己。真正的诗意，不只简单地看到和听到。敢于超越文字，超越这些黑白相间的空隙，唯有感受才能带领我们寻到禅偈般的入口。

我们曾丢失了触摸大地的机会，丢失了某种心情。梦想和诗歌因为足够缓慢和浪费，让一切又失而复得。所以，我想请你试试看。

和我一起潜入时间的波浪。只是感受。感受波浪，感受一种跨越时空，看不见的真实。

母亲节

透过我的生命，看到她 ┊ 2023

一段漫无目的的旅行中，

有个女人恰好爱我，

于是，我停下。

融入一间柔软宫殿，

浇灌一株小小的芽。

时间，以河流的姿态流淌。

女人青春的年轮，

在我的生命中永久刻下。

一阵风吹过，

我透过我，看到她。

唯有一人，
曾与我心心相印 ┆ 2022

这一生，

唯有一人，曾与我心心相印。

偶然相遇，终将别离。

她的名字叫——母亲。

妈妈的前方 ┊ 2021

每一位母亲，

总在寻找方向。

孩子，

永远都是灯塔在妈妈的前方。

逆流而上的人 ┊ 2020

岁月的兵荒马乱里，

以爱为盔甲，

逆流而上的人，是母亲。

如果没有你 ┊ 2019

你给了我太阳月亮，

和此刻。

如果没有你，

全世界都睡去，

我从未醒。

傻女人 ┆ 2018

你这个傻女人。

壮年时，把四季掬给我，
连带日月和辰星。

暮年时，千帆阅尽。
仍像灯塔，风雨里斑驳，
始终保持瞭望的姿势。

你相信所有的船会返航，
回到最初的开始。

像一滴雨，落回夏日的海。
像个幼儿，熟睡于你的臂弯。

青年节

中年人的混沌午后 ┊ 2023

那一年的盛夏，

燃了一夜又一夜。

成了零星的火，

涌上心尖，凝成赤的霞。

那一季最野的花，

青山中招展，风雨中踉跄。

曾被拽紧的情节，

只留下参差浓重笔画。

泛白薄衫，早换成满身盔甲。

青春的片段疏可走马，

中年的混沌午后，

想一想就融化。

某些不曾消逝的气息 ┊ 2022

盛年后的青春，

是一场蓄谋的独自远行。

暗夜中启程，

孤独奔走，如玄鸟翱翔于苍茫山海。

看不到归期，无所谓意义。

沉浸于一段逆光之旅，

纵然，生命燃尽。

发愿 ┊ 2021

追随星辰日月，

不焦灼于时间。

奋力乘风破浪，

管他悲喜苦甜。

心纳丘壑，目望山河。

鲜衣怒马，

此生都是无悔壮年。

如果……┊2020

如果

害怕梦想被点燃，

害怕激情在燃烧中涅槃。

如果

无法在重生中忘我，

无法以无畏去迎接磨难。

如果

无法对自己虔诚，

无法在阳光下坦荡。

所有的美好，

都将是假象。

大不了重新来过 ┊ 2019

青春是火，是光。
穿越暗夜高冈，
无视窘迫和彷徨。

管什么永恒短暂，
世态炎凉。

大不了重新来过。
熊熊烈烈，光芒万丈。
四海八荒，纵情一场。

这一日的信仰 ┊ 2018

这是最好的一日。

你抬手，指缝间洒下光亮。

举步时，身体里盈着清凉。

或许将来，

你会直面无以为继的乏力。

却因为曾有这一日的信仰，

可以斗胆再说一次——

我可以！

劳动节

五月的河 ┊ 2023

五月，

是一条条自由的河，

南北交融，从西流向东。

在峡谷或城中相逢，

缘分隐动，忽明忽暗的风。

柔软，是相融时

彼此眷恋的响应。

孤独，是分离后

独自奔涌的阵痛。

这一场五月里开启的冒险，

关于浓烈的纯粹，

奔腾浩荡的自由。

一场静默的远行 ┊ 2022

劳作的人，

掬一把文字，

向空中掷去。

悲喜交加的种子，

在五月之晨，

翻滚落地。

难以赘述情节的缘起，

不质疑创作本身的意义。

这只是一场静默的远行，

探索，

生而为人的沉重和轻盈。

缘起于此刻 ┊ 2021

劳作，

不动声色地自我定义。

远离熙攘，在所不惜。

跋涉，

漫无目的地探寻。

疆土覆盖洋流星宇。

宏大都将缘起于此刻：

自由回荡的一缕心绪，

某个放下执念的瞬息。

秘密 ¦ 2020

爱过的每一颗心，
都开花。
浇过的每一株苗，
都发芽。

这是潜心劳作的人
才通晓的秘密。

隐匿的，如何被看见 ┊ 2019

付出的，

会滴入时间的裂缝。

期待的，

曾被欲望的空洞侵吞。

只有种子才拥有的权利，

蛰伏于贫瘠，被汗与泪浇灌，

亦能一季季永生。

一棵将远行的树 ┊2018

一块木头，

可以去任何地方。

成为一条船，

驶向内心深海。

做一颗吊坠，

随注定的人闯荡。

但我首先想成为一棵树，

五月里招展，

温柔中有凛然。

妇女节

摘星的女人 ┆ 2023

若有足够的决心，

任何一盏灯，都有

不熄灭的可能。

那些背光而行的身影，

舒展于新语言体系，

如诗歌，自由流淌，

隐入深春的寂静。

此后，

柔软的灵魂，

开始摘星的旅行。

跟随深深的"相信"，

快步而行。

自由的身形 ┊ 2022

白昼炽烈如昔，

掌心的羽翼被风声唤醒。

温柔，山海般辽阔。

喜悦沉静，从心底苏醒。

自由的身形从不单一。

沿心中之爱，

振翅飞行。

一种喜悦｜2021

经历黑暗、孤独和无序，
仍怀有天真。

胆怯被云上的蓝拯救。
心被热爱充盈，
终将无所畏惧。

一种喜悦，缓缓而来，
终将无与伦比。

活着，不只是习惯 ┊ 2020

生活表面相似，

灵魂和而不同。

当一个生命开始为自己绽放，

活着，不再只是习惯。

真实和梦境接壤，

这份简单的平凡，

便有了光。

女人的身体 | 2019

女人的身体，

盈着波光粼(粼。

半面清水，

半面酒。

水自云中来，滴落尘世。

自此，

花朵高举，江南至漠北。

酒，被岁月灼烫。

呷一口，

就上了头。

对自己的寄语｜2018

张扬而光芒万丈?

温柔又棱角分明?

无论你最终成为怎样的女人,

始终独立清醒,

对爱充满信心,生命笃定方向。

元宵节

岩中花树｜2023

心外无物，

浮世与梦，万般虚隐。

日月有明，

岩中花树，自在于心。

善缘 ┆ 2022

以最圆融的注解，
铭记不舍褪色的时间。

真实，清甜。
生动，有限。

众生兜转，
善缘生生不息。

一碗汤圆，暖心，暖人间。

今夕圆满┊2021

光隐灭，众星闪闪。

星黯淡，皓月如缦。

花有开合，人度悲欢。

一期一会，今夕圆满。

被远隔的灵魂 ┊ 2020

破碎的，终会圆满。

清醒和勇气，消弭遗憾。

远隔的灵魂，彼此相认。

裂缝中，合力生长。

此刻，白月清凉。

情分相持，无所谓地久天长。

待

春耕秋收夏雨冬雪，

把这烟火人间

重新爱上。

聚散有时 ┆ 2019

春末绿，星如雨。

薄酒盏盏，欢尽不余。

明日晨，游子征。

情事沉沉，几多断肠人。

假如｜2018

假如我有两颗元宵，那——
你一颗，我一颗。

假如我只有一颗，或许
你一口，我一口。

我有元宵一碗，
却没有你。
唯有昨夜，
深深浅浅的一场雨。

情人节

一夜潮汐 ┊ 2023

未到的夏，

正被揉进玫瑰。

绛红色的隐喻，

还原脉搏涌动的瞬息。

成熟的清醒，

注定短暂的或悲或喜。

醉入夜的灵魂和星，

湿漉漉的，

犹如海岸线上，

那声长长的叹息。

颈上 ┊ 2022

这本是悠长岁月的片段。

直到山林回暖，

河流日渐明亮。

一个名字忽落于颈上，

藏不住的，

暗香。

这一切，风知道，

和春天无关。

摇摇晃晃的诺言 ┊ 2021

你的名字，

印入掌心。

不可撕毁的印符，

必然遵守的慈悲，

自此不渝。

你的名字，

印在虎口上。

令人昏沉的烦冗，

拖泥带水的日常。

狠狠掐一下，

才能看到的清醒和明亮。

渴望疯狂 ┊ 2020

执念刻入山石，

于心的彼岸。

日日清淡，无人知晓，

独自的雨雪风霜。

铃兰泄露了这份张望

当风起，

听到的人会被告诫：

"疯狂，需用灵魂交换。"

一刻的永恒 ┊ 2019

拥你一瞬，

四季良辰。

不如沉默 ┊ 2018

万千情感急于送达的一天，
不如沉默。

犹似新芽破土，
正当季的情节终将发生。
山静日长，势不可挡的趋势。

所以，不如沉默，
等一切，在默默中发生。

告诫｜2017

嗨，年轻的你。

爱情就是一块糖，

焐着不吃，迟早会化掉。

青春也是。

不挥洒一下，迟早会一地鸡毛。

腊 八

一碗回忆 ┊ 2022

这日，

你会突然想起一些人。

他们不夺目，不张狂，

最冷的时节，

曾使你生命的房屋透亮，帮你抚平生活的难堪。

他们停留在过往，

并未和你追赶一样的方向。

而此刻，你想再一次，投入这琥珀般的力量。

那些共同经历的点滴，如原野辽阔，似水悠长。

未来抑或过往，

被温柔对待过的生命，

一寸一厘，皆是好时光。

腊八这天 ┊ 2020

雨来了，你却没有。

罢了。

把种子撒入冬里，

慢慢熬。

三分涩，七分忆。

一分甜，阵阵雨。

火候尚缺，

等情意自清淡到浓郁，

那些积蓄会发芽，

自心底。

一碗汤羹的隐喻 ┊ 2019

每一碗背后的情节，

都是生活的隐喻。

软的。

硬的。

涩的。

甜的。

熬久一些，再久一些。

最后的最后，无不暖心妥帖。

如果有一个老土的人 ┊ 2018

异常冷的一天，

全世界都在等一场白头。

假如有个人，

固执地带你喝热腊八粥。

他大概是个老土又守旧的人。

而且，在乎你，

不止今天。

元　旦

有心的相遇 ┊ 2023

倔强的玫瑰，檐前的云，

转瞬间的落日余晖。

有心之人，对每一帧一视同仁。

春潮涌，万物生。

天地山海，你我红尘，

一期一会，芸芸众生。

时间沙漏 ｜ 2022

重新开始的一轮，

每一粒渺小，都有非凡意义。

它们流动奔走，

让这一切，发生在热爱里。

此后，

每一秒都发光，每一粒都是宇宙。

隐喻｜2021

第一束光就是隐喻：

万物将重生，未来可期。

出发 ┊ 2020

准备好出发了吗?

带着天真和迫切,滚烫的热烈,

去见证一切。

猜想┊2019

365 天后，

你会在温柔而孤独的记忆里，

再次回望。

说，真棒，

一切都值得。

重　阳

哲学幻境 ┊ 2022

西西弗斯推动巨石，

在俗世的轮回中攀登。

新的挑战，旧日的天真，

倔的人，从不向剧本俯首称臣。

赫拉克利特的浪潮向前翻涌，

万物方生方灭，叶落归根。

昼与夜，延绵不绝，

苏格拉底笔下绵延的永恒。

时间就在这里，

不生不灭，无始无终。

雨夜的惆怅涌上来｜2021

雨，写着冗长的格言。
被登高的人，拢入怀间。

得望多远，才不庸碌这漫长？
需登多高，方看尽曲折世间？

遗忘和记起，晃满人影的秋夜。
是现实和暗喻的彼此交叠。
明明白白的无可奈何。

当一些生命在平静中涌动 ┊ 2020

最老派的人，也曾逆流而上。

方寸间起舞，鲜活酣畅。

浊酒入心，悲欢了然。

不争秋日胜否春朝，

简单通透，

方抵尘世无常。

抵不过，
离别时的风急深秋 ┊ 2019

苍蒹碧水，黄花绿酒。
重逢的泪，卡在喉口。

九九归一，鸿鹄返程。
心尖的名字，咬出血痕。

山高水远，天长地久。
饮尽这杯，连同乡愁。

乡音粗犷，故人情浓，
抵不过，离别时，
这风急深秋。

登山的人 | 2018

浮世里登山，
得拿天真来换。

过一季重阳，
怕心老，
不怕路长。

注定孤独的来路 ┊2017

"写信给我。"
分别时，你这样叮嘱。

像是预见了，漫长冬季里孤独的来路。
终有一日，我们需要靠告解才能彼此相融。

一切会简单吧。

如果灵魂生而有翼，
间插茱萸登高望远，
抑或，故友寒暄互道珍重。

都不只是一场梦。

国　庆

我已看到，
你带着灿烂到来 ┊ 2022

有一种情感，

轻柔得，几乎难以名状。

它以微小而具体的支撑，

阳光般，点燃每一个信仰。

众生与这片光亮，血脉相连。

在深秋，卓然绽放的姿态。

十月的繁盛刚刚开启，

我已看到，你带着灿烂到来。

这段关于自我的探索 ｜ 2021

有段旅程，关乎自己。

双脚丈量国的边际，

去验证，心的无边无垠。

何必计量你我间距离。

观一朵云浮动，

听一枝花绽放又凋零。

当每一步都极致，

时时皆彼岸，寸寸入禅心。

在渴望里痛且激荡 ┊ 2020

桂树芬芳如刃，

三千离愁，随风茂盛。

夜被烈酒浇灌，

月光明晃，刺入胸膛。

旅人前行，不恋过往。

热血被信仰激荡。

管它山高水长，峰峦叠嶂，

会当纵横四海，一马平川。

信仰 ┊ 2019

你是开始，是抵达。

是众生的护佑，

是所有光亮呈现的前提。

真正的宏大 ┊ 2018

为真正的宏大而庆贺。

像我的国,

重重迷雾后的独立。

像一个人,

日日夜夜的琐碎中,

仍可以勇敢直面自己。

教师节

不只是引导者｜2021

以字符，给予空白平静。

似星火，蔓延于荒野的热情。

暗夜的混沌，

正被一束光唤醒。

万有引力下的相遇。

谁被谁追随，指引，远走高飞？

每一朵，都将是火焰┊2020

粗粝的方块字，

是人生的谜面。

谁犹豫着，谁又一一注解？

真实的化学，虚拟的假设，

地球仪上，

转不尽的宽广视野。

被种下的信念，酝酿在心尖。

期盼中开花，

每一朵，都将是火焰。

被度化的人｜2019

我不是唯一被度化的人。

自你埋下种子，

我辽阔的孤独，

被赋予重生的可能。

需要怎样的胸怀，

才能包容初始的颓败与沉默？

土地以深沉给予答案，

越过四季轮回的遗忘和永恒。

从九月到七月 ┊ 2018

九月。

你开始讲述诗歌和宇宙时，

一簇光燃起，

照亮我心头荒原八百里。

待来年七月。

生命的年轮已刻下所有讯息：

不朽的数字、时间，连同你。

中　秋

臣服于一个秋日｜2022

秋，浸润江南半夏凉薄。
回不去的吉光片羽，
逐日喑哑的蜜语言说。

清风，自北而起，
横跨西川大漠。
以自由之眼，
丈量生命的天高海阔。

此后，纵然岁月以痛吻我，
我亦臣服于此刻。
稀星朗月，讴之以歌。

写给远方的信 ┊ 2021

除了与你，

我与世间的一切，都很近。

当你的目光洒落，

千万里的期待，因此注满光明。

假如，各自奔赴的远方，

终会于某处相遇。

那是否就是圆满，

日日，月月，年年？

心中之月 ┊ 2019

你太美好，不忍摘下。
搁于心尖，夜夜念。

黄白的光，阴晴圆缺。
在心底，凝成最亮的核。

所有重逢，已被铭刻。
如水的温柔，
抵御我长夜凉薄。

自定义 | 2018

不念来路，不言去程。

日暮晨昏。

有你在的这一刻，

才是团圆。

七 夕

人生海海 ┊ 2022

天上的鲸鱼，林边的星。

遁入山野，

自在即为心安之境。

辽远的夏鸣，无声的云。

人生海海，深情何惧远隔七夕。

鹊桥 ⫶ 2021

搭一座桥，以宇相连。

待你望向我，

星月相耀，谷应山鸣。

喜悦 ┆ 2020

日升月落，

皆入人间烟火。

与子成说，

遍拥天高海阔。

但问你 | 2019

执象而求，

无惧金玉尔音，百日千里。

但问你，

月圆天心，够否诚意？

我只求一万个黄昏 ┊ 2018

星星眨眼，

思念淌过风的脊背，

流入银河。

鹊桥是迷途者的驿站，

贴着告示，关于一路遥长的寻觅。

很近的地方，

有始终难以抵达的遥远。

地久天长，

是被奢望修饰过的时光。

我只求一万个黄昏，

落日缓慢，你在身旁。

八一建军节

炙热中的夏之闹市 ┊ 2022

白昼如焚，黑夜孤寂。

各自的辛苦和委屈，

终归于不动声色的风平浪静。

潦草丰盛或厚重轻盈，

前行者如同渴望磨砺的新兵，不念归期。

若能心外无法，青山满目。

夏之闹市，亦存一片冰心。

谦卑又深刻的爱意 ┊ 2021

风暴是疾驰的列车，

隐疾是离轨的飞行。

被概率裹挟着的人，

无所谓最优的结局。

但求心意涌动，绵延万里。

月色笼入我衣袖，星星穿过你。

一呼一吸，

是彼此对这个世界，

谦卑又深刻的爱意。

让信仰撑起 ┊ 2020

点一盏灯，立一面旗。

以良善护佑心意。

信仰撑起寸寸欢喜。

连同岁月和你。

光阴拼尽全力，剧情跌宕悲喜。

回忆被刻入永不消弭的意义。

孤勇者 ┊ 2019

世界古老，春夏秋冬。
人生是最贵的单程。

独行的人，汇成林。
用坚决点燃火把，
在叶尖闪耀，犹似繁星。

正承受着的，都是别被赠予。
迎向巨大的孤独，
偶尔温柔，始终清醒。

热爱 ┊ 2018

秋虫愈加激昂的话语里，
传领着众人的新生。
深邃黑暗里生出的光，
已走了几亿年。

我被孤独囚禁太久，
直到，把你的名字插入锁孔。

此后，胸膛里荡漾的，
是夜的松涛阵阵，
是渴望，和吹响的号声。

七一建党节

再走天涯 ┊ 2022

脆亮仲夏，

燃起心尖半壁朱霞。

绫罗簪花，鲜衣怒马，

解下，解下。

扁舟，激浪。

重山，云崖。

不啻微芒，以梦为马，

孤勇仗剑走天涯。

独赠予你 ┊ 2021

这一季已被铭记。

火山般涌动，

和你关联的滚烫往昔。

众生游戏，一世须臾。

唯你不徐不疾，

主宰万物生生不息。

我在七月静默起誓：

海角天涯，迢迢万里，

可否将生命燃尽，

一生一世，独赠予你？

不舍昼夜地飞翔 ┊ 2020

涌出来！

心底最真切的风。

掠过往昔层叠，积压成云。

以燎原之势的喜悦，

席卷一切。

号角已一遍遍吹响，

觉醒的翅膀，

奔向朝霞与星光。

固若金汤的七月，

承载万千心之所向。

此刻起，

忠于自己，不舍昼夜地飞翔。

倔强的人 ┊ 2019

沙粒是最迷你的山，

星火是最倔强的太阳。

一粒种子在流火的七月发芽，

带着奋不顾身的决意。

山河八千万里，

人生尚存寥寥无几。

在缄默和尘埃中独行。

忠于自己，奔向你。

一个人的队伍 | 2018

一个人，也要像支队伍。

怀着爱，举着光，

活得浩浩荡荡。

信仰最坦白的真实，

通晓最虔诚的宗教。

犹如喝下一整瓶威士忌。

让灵魂赤身裸体，

忠诚于夏天和你。

父亲节

你是否仍义无反顾 ┊ 2022

你跟不上了。
你曾奋力拉过的小手，早已远行，
千里万里。

你不逞强了，
曾经负重前行的身板，开始薄脆，
左晃右移。

时间倒流，
这段路，你是否义无反顾？
交出青春，连同你的心。

你的恩赐 ┊ 2021

你赐予我，最好的光阴。
让我生命的留白，
盛满万物系连的欢喜。

你起伏的身影，不远不近。
身披霞光，眉染倦意。
独独为我，披荆斩棘。

我愿····· | 2020

日食新月交叠的一天，
阴阳冷暖转折的界线。

绝口不问，远行的少年，
是否仍正当年？

我许你，跨上新的台阶。
如台风过境的夏夜，
果断，轻盈，自在无邪。

交换 ┊ 2019

小时候，
你的肩是高高的山头。
顶天立地，扛下所有。

现在，游戏轮到我啦。

爸爸。
悠长四季和安逸人生。
我们交换吧。

生命里沉默的山 ┊ 2018

每个人生命里，
都有一座沉默的山。

你朝远方走。

一千里，一万里。
山始终在原地。
目送你。
等你。

端　午

端午｜2023

假如，饮尽这一杯，
《九歌》绝唱可重回鲜活。
假如，作一曲《离骚》，
方能导向生命的真我。

我愿随这股生命的洪流，
怀沙自沉，入这沧浪之水。

纵然流沙翻涌，汹涌不尽，
亦不悔，曾以热血，以铁骨，
洒入这荆楚辽阔的江河。

待何日 ┊ 2022

以腐朽之躯，
亲吻江面。

这不动声色的辽阔，可有，
沉醉其中的你我。

江湖悠远，死生契阔。
终归处，七分酒，三分歌。

待何日，卸下枷锁，
似瀑布之念，
纵身而跃。

愿，
心生双翼，与子成说。

另一个人间 ┊ 2021

倦了，换一个人间。
管那光阴短，杯酒了羁绊。
隐入江河，
留白。

万千尘世，碎了，从头再来。
星星落下，溪流奔向大海。

独有一支，
兀自深远流淌，
无关悲伤。

屈原 ┊ 2020

根茎纵横交错，枝叶无知无觉。
急雨交错的迷蒙尘事，
在最炙热的一日厌倦。

总有故事急着开始。
总有人以凛然的决绝，纵身一跃。
这段新旧世界无涯的跨越。

这一夜 ┆ 2019

你叹息，

曾被辜负的时光。

犹处荒野之树，却被繁盛挂满。

世事如梦，终有寂寥，

金烬暗，你决意一纵轻狂。

这一夜，

月光皎洁，水清凉。

一些人 ┊ 2018

心碎的人，

在江心照出了自由。

他纵身一跃，

跌入星空辽阔。

不甘的人，

仍在崖边行走。

自由却似水银，下沉，下沉，

溺入重山万座。

儿童节

儿童节 ｜ 2023

六月的第一日，

一切都将是惊喜。

盘在头顶的柳叶花环，

蓝尾花雀在池边追逐的欢喜。

和七岁的自己，虚度这一日。

冰淇淋滴答，

天上的云摇晃摇摆，

生活的轻盈逃去了哪里？

亲爱的小孩，你会渐渐离我远去。

场景不再重启，

但记忆会生出薄薄的翅翼，

穿过时间的缝隙。

孤勇者 ┊ 2022

岁月是一株藤蔓，
缠绕生命，光线转暗。

沉默和坦诚，缅怀或眺望。
吉光片羽，皆为诗行。

那将是孤勇者的信仰：
纵然前路颠簸，
有权保持纯粹坦荡。

选择｜2021

你始终，

有这样的选择：

生有热烈，不屈于俗常。

也很酷 ┊ 2020

不用一直当"很好"的大人。

放肆地笑，大声地哭。
稚气敏感，偶尔迷糊。

坚持自己的坚持，
也很酷。

你悄悄地 ┊ 2019

你悄悄地，

也让自己过了这个节，

以一种不动声色的放肆。

像一颗星，穿行于夜空。

像一滴水，畅游在海里。

无忧无虑。

抽离 ┊ 2018

让这一天，从特定角色里，
抽离。

真假对错爱恨得失，一笔勾销。
泛若不系之舟，自在遨游。

似这一生才刚刚开始，
长日无尽，前程无忧。

后记 关于"波浪"

决定好诗集名字的那天，香港正在刮台风。

从香港太古广场酒店 25 楼窗户望出去，是一个海湾。隔很远，我仍能看到波浪正逐渐从海面涌起。

这让我想起曾在印度洋边的一个海岛上亲眼见过的潮汐。海面波涛逐渐汹涌，直至激荡起数米高的巨浪。那一刻，我似乎回到了海岛，感官从放松到激亢最终回归平静。

这些海浪，如同我的人生。

有时，岁月处在一个异常平顺的阶段。什么都很顺，顺到无须做什么一切都丝滑而过。又有些时候，荷尔蒙在我胸口东撞西撞，想把一切推倒重来地汹涌。

如果说，不动声色的词句，是一杯过去的酒，包含了过去的喜悦、彷徨、慈悲或贪恋，情感在时间渲染下有些浓了，有些挥发得无影无踪，倒不如说，它是一条暗流汹涌的河。潜入其中，才能看到源起的瞬间。而我们停下来，把自己交给文字的瞬间，如同我们在时间波浪中的一次深潜。

我也曾想把每一首诗背后的故事写下来，作为补充。最终没有这样做，是我决定把延展性的遐想归还给你。你从这本诗集中看到的每一个句子，都只是引子，来自你透过我而得到的真切。

或许你也能因此感受到：独自深潜时，那弥足珍贵的孤独。